장교와 시인

박말희 시집

제 2부 : 장교와 시인

제 3부 : 그리고 가을

| 제 1부 |

사
랑

01 바람이 주는 선물

바람,
그만 멈춰 주기를
그냥 지나가 주기를
이제
입 밖에 내지 않기로 한다
맞이하는 법 알았다면
바람의 선물 맛보았다면.

시린 계절
보름달이 밝을수록 가슴 더 설레는 건
달빛 맑히는 바람의 순정 탓

행복이 넘쳐나는 건
그 절망 잘 삭혀 나무에게 덧뿌려 준 바람의 헌신 덕분

혹독한 계절의 벼랑에서
산수유나무는 바람의 손 놓지 않았기에
이 봄 오밀조밀한 행복의 꽃망울 피울 수 있었다

어느 따스한 계절의 모퉁이를 돌다
이 바람 만나거든
저 자잘한 산수유 꽃빛과 말간 달빛과 그대 가슴에
슬며시 퍼트려질 봄빛을 생각하라

영락없는
첫사랑의 설렘처럼
행복의 꿈망울들이 그대 가슴에서 톡톡 피어오르리라

02 반나절 묵상

생쥐 놓친 진돗개
담장 밑을 킁킁대며 흙을 파헤친다
놓친 것은 제 것이 아닌 것을.
쥐구멍으로 들어가겠다는 맹랑한 짓거리가 반나절이나 계속되고
그 사이,
파헤쳐진 보금자리를 밟고 떠나는 개미 식구들
알뜰하기 그지없는 걸음으로 반나절을 가는 동안
민들레가 누런 이 드러내고 핼쑥 웃고 섰다

우리 하루가
세월에 발목 잡힐까
냅다 뛰고 또 뛰다 겨우 다다른 곳이
담장 아래 쥐구멍 앞이라니

놓친 것도 내 것 아니고
가버린 것도 내 것 아니면
오늘도 파헤쳐보지도 못한 이 그리움의 두덩
어쩌나.

03 눈물

삶의 첫 울림이
마지막 떨림으로 둥그러지는
눈물
결국은 그리움으로 모아진다는 것.

부뚜막에 한 사발 물을 놓고 중얼대던 그 때를 기억한다
누구도 알지 못한 바람이
휘어진 어미의 허리 춤에서 곧고 힘있게 일어나
오늘의 나를 만들었다

그리움의 뭉치가 동공을 덮는다

흙속에서 한 포기 새 싹 밀어올리는
자연의 섭리처럼
꽃 되기를 빌고 또 비는
어머니의 주름진 시간

세월의 가지 끝
눈물이 키워 낸
철없는 웃음이 그저 맑다
단내음 흠향하는 살진 봄바람처럼
어미의 마음 품고 한 시절 한 시절 그저 살지게 살았네

농장에서 꽃씨 따며
거리의 폐지 주우며
달려온 어머니의 세월이
"나이야 가라 나이야 가아라"
달력 뒷면에 눌진눌진 써 있네
연필 꾹꾹 눌러 쓴 어린 시처럼

어느덧
멋없는 어머니 인생은 나의 달력에 걸쳐져 있고
어머니의 세월과 나는 흥을 맞추며 걷고 있네

04 호수는 서정적 살롱

호수에 벚꽃 피면
사랑은 절정
풋내 풍기며 오가던 사연들
어느새 푸르름으로 손을 잡고

이 마음 저 마음 반딧불이 마냥 봄불을 놓는다

수양버들 늘어진 수다
호수에 닿고
두런두런 만개한 향기에 그저 호사로운 밤
더러는 걷고 더러는 서성대고
더러는 손을 꼬옥 잡는다

호수에 번진 황홀을
새들은 날개에 품고
추억으로 묻어난 향긋한 수다
그대 손에 슬며시 건넨다

05 작약꽃

사월에서 오월로 넘어서는 곳에서
만난 작약꽃

작약 꽃송이를 신문지에 돌돌 말아 주던 아버지는
영낙없이 꽃잎으로 뒤덮인 꽃상여 타고 먼 산으로 떠나고
나는 그와 먼 시간 속에 있다

문득 신촌 거리에서 만난
작약 꽃 한송이
보고 싶은만큼 한송이 한송이 들다보니
가슴 미어지는 기억 한다발

추억을 놓고 간 이는 뜬금없이
추억으로 피어나고
눈물을 놓고 간 이는
말간 꽃을 피우기도 한다

사월에서 오월로 넘어서는 곳에서
만난 작약꽃
옛 시간속에 들어 찬 사연만큼이나
겹겹이 풍성한 너

06 아름다운 이별

선유도
다리 밑
바람이 인다
그 바람에 놀이 떠밀려
간다
양화대교 끝자락에서 놀란 봄도
간다

이따금 물결 위에서 벚꽃이 눈짓을 보낸다
모두의 애상을 잊지 않겠다는 듯
찰나의 황홀은
물결의 나이테 속에서 깊이 더 넓은 사랑의 포물선을 그리다
간다

보낸다는 것은 기다리겠다는 또 다른 표현
이별은
저 꽃다짐 같은 어리석음으로
누군가를 황홀한 기억 속에 가둬놓고
누군가는 물결처럼
그 자리 서성대며 바람 일기를 기다리게 하는가

카메라 렌즈 속에 가는 봄 가둬놓는 건 영 이별이기에
슬멋 카메라 렌즈 문을 열어 놓는다
바람이 풀려 가고 놀빛이 흩어진다
꽃이 종종 걸음쳐 가고 물결이 가늘어져 가는 걸 본다

양화대교 끝에서
너,
오월 녹음처럼 늠실대며 넘어올 차례

07 눈물 냄새

지킨다는 건 억세진다는 것

아린 손톱 끝에서 눈물 냄새가 난다

며칠 전 두릅가시에 찔린 손끝이 다시 아리다
올 봄도 두릅나무는 두릅을 꺾는 몰인정을 향해
가시도 함께 키운 것이다
새순 키울 때 가시도 함께 키운다는 걸 왜 몰랐을까
두릅 한 숨 꺾일 때마다 가시는 더 독하게 커 올라온다는 것을
쌉쌀한 맛이 깊은 건 어린 두릅을 많이 잃었다는 것인가
많이 울었다는 것인가

울 수 있다는 건 아직 지켜야 할 것이 있다는 것
아픔은 더러 그 생생한 가르침을 상처 속에 박고
의연한 척 삶의 에너지가 되어 갈지도 모르겠다

…세월호 기억교실, 잊지말자 1416
억세진 노란 글자들 주변에 어린 호기심들이 모여든다
아픔을 지켜내면서도 유연한 가시는 없는가
무덤덤해졌던 내 지성의 뼈마디가 움찔거린다

우연히 스친 광화문 광장
두릅나무 곁을 지날 때처럼 여전히 눈물 냄새가 난다

08　너, 사랑에게 묻노니

너, 아직 거기 있는가
얼음장 밑
물 흐르는 소리 곁에
그 소리 비추는 달빛 옆에
억지로 봄 길 열 수 없다는 자연의 섭리 곁에

내게 좀 기다리라 해놓고
정작 그대는 애가 닳아
어느 때는 봄볕으로
어느 결에는 봄바람으로 섰는가

연약한 꽃잎의 떨림
동백은 얼음꽃
빠알간 입술 새로 휴우
한숨도 시리다
시리다는 말은
꽃잎이 붉어 아리다는 꽃말로 다시 피어나고
사랑은 고독을 녹여 만든 아이스크림 같은 것이라
달콤함 뒤에는 속이 얼얼하다 그 얼얼한 뒤끝이
첫사랑의 그늘막에 홀로 남은
그리움이란 것인지

사랑아
너 아직 그 빛 그대로 얼음장 밑 비춰주고 있는가
동백 곁에 선 저 바람처럼
시린 꿈 꼬옥 싸 안고 찾아 온 정월의
저 달처럼.

09 잃어버린 사랑을 찾아

안다는 것과 이해한다는 것은 다르다는 걸
안다는 것은 본다는 것이고
이해한다는 것은 품는다는 것

더 차가웁기를,
아에 얼음이었으면
사랑이 지나간 자리에 깔린 독설

카페 통유리에 찬 공기가 부딪혀 정신을 못 차린 날
드라마 속 주인공처럼 이별은 찾아오고
냉정한 목구멍에 찬물을 끼얹는다
얼어버려야 할 속이 오기로 열을 뿜는다
사랑은 독 아니면 묘약이라고 했던가

신이 모든 걸 다 줄 수 없어
사랑
너 하나를 주었을 때는
우리의 오만을 녹일 수 있겠거니 했을까
서로에게
노긋노긋한 기운을 나누리라 생각했을까

내 속에서 거듭 한 소리가 흘러간다
사랑을 잃었으면
가서 찾아오면 되는 것이라고

<u>10</u> 물의 마음

너를 보려고 눈을 크게 뜨면 뜰수록
미간 주름과 흐트러진 피부결이 도드라져 보인다

내 안에 물결이 출렁거리지 않는다고
욕심이 없어졌다는 것은 아니다
때때로 흔들어대는 내 안의 바람이
보이지 않는 기운에 넋을 잃었을 뿐
언제 또다시 해일되어 덮칠른지

너를 보려고 날마다 내 안에 파도를 걷어내기를 수만 번
잠시 욕망이 잦아든 수면에 물수제비 되어
너의 마음을 훑어온다

수십 해를 어린 염원들의
소란스런 시간들을 품고 다독거리며 온
보이지 않는 기운
물의 기운
흔들려도 흐트러짐이 없고
사라졌다가 다시 더 큰 힘을 싣고 돌아오는
태초의 기운

물에서 시작된 존재가 물의 맥락을 갖지 못한 채
고요를 모른 채 사막 모래언덕으로 내쳐져
적막이 고독을 키우며 목마름을 호소하다
가시 돋친 선인장의 한 생으로 사는 것이 우리의 삶이라

물의 마음을 품지 못한 탓이려니.
너를 보려고 속 깊이 들여다 보면 볼수록 내 속이 훤히 도드라져
떠오른다
오늘도 너의 고요를 보려고
강가에 선다

위로

돌 무덤가
한 송이 꽃 바칠 용기는 어느 골짜기에 던져버렸던가
비겁과 배신의 족쇄 끌며 그날의 우리
숨죽이며 살았네

그대 맥박, 그대 음성
푸른 산빛
검푸른 강물
마알간 하늘에
꿈결처럼 바람처럼 스치기를 수 만 번

사탄의 계략 굴복시킨 약속의 삼일 후,
우뚝 선 사랑의 십자가
멀어져버린 하늘과 황막한 땅 사이
죄로 얼룩진 온 땅 온 맘
그리스도의 심장으로 살아났네

그날
게바에게와 열두 제자에게와 오백 인에게 동시에 보이신 그대,
빈 돌무덤 서성대며 맞는 부활의 이 아침에
굽은 마음 끌어안으시며 땅끝까지 가자 속삭이시는
봄빛 같이 화사한 성령의 음성

다시
내 안에 그리스도의 맥박이 힘차게 뛴다

12 사랑

너를 보내기로 마음먹은 날
감나무 잎이
툭,
바람 따라 가버렸다

홀로 계절을 버텨야 할 민낯의 감,
감나무에게 덩렁 남겨진 감은
그리움의 몫을 제하고도 나누어 떨어지지 않는
집착.

너를 보내고 난 무수한 계절의 가지 끝에
그리움인 양 익어가는 집착

언제나 사랑으로 매달려 있고만 싶다
옛 바람이 귓전에 흘리고 간다

13 거기에 사랑이

사랑아
목 좋은 곳에 눌러 앉아 추억이 돼 버린 사랑아

돌다 돌다 돌아보면 언제나 너 있는 곳
초등학교 운동장 묵은 포플라 잎삭같이
눈치 없이 떠나지 못하는 눅눅한 늦더위마냥
돌다돌다 돌다보면 이렇게 너 있다

아이스께끼가 나오던 시절
허연 얼굴에 버짐이 피어오르면
캔디 물병을 메고 소풍 나온 아이들이 갯바위에다 꿈을 흘리고
그 꿈이 파도 타고 밀렸왔다갔다하는 사이
너의 웃음은 살졌고
나의 웃음이 수줍다
사랑아
이제서야 불러보는 사랑아
지나간 바람같이 멋쩍고
아이스께끼 같이 달달하고 끈끈한 추억아

귀가 뜯긴 사진첩 속에서 너를 만나고 온 날
추억 속에 거뭇거뭇해져 가는 나를 본다
빈 파도 타고 혼자 왔다 갔다하는 어린 나를 본다

27

14 봄날 메모

튜울립 세 송이를 거실 바닥에 앉혀 놓고
아침마다 꽃봉오리를 툭툭 친다
바람의 해찰로
꽃 필 시기를 잊고 있는 건 아닌지
꽃을 잊은 건 아닌지
긴 잠에서 깨어나라고 반갑잖은 알람소리처럼
휘파람을 불어본다

잊지 말아야 할 건
너 튤립, 튤립꽃으로
기다림 앞에 당당히 서야 한다는 것

안녕을 고하지 않은 채 미덕처럼 봄은 가고
부신 오월 햇살도 그만 수그러드는데

꽃망울 위에 햇살을 매달아 놓고
"기다림에 대한 선물"
네 앞에 꽂아둔다.

15 새싹

아침마다 새 두 마리가 쪼아대는 수다가 씨앗되어 돋아난 싹

봄수다 손 바닥에 올려놓고

카메라 각도를 맞춘다

신선한 느낌 카톡 배송완료

우리 한 때 이름도 없는 새싹이었을텐데

봄의 생각들이 팍팍한 가슴들 틈과 틈을 비집고 태어나길
오늘 하루
저 새싹같은 여린 마음으로
풋풋한 기운 바람에 실어 보내길.

청년 동주

그들이 닫아 놓은 하늘을 청년은 밤마다 바람의 노래로 열어젓혔다
그 하늘에 별을 그려 넣고 그 하늘에 얼굴을 띄워놓았다
그리움은 얼굴들 사이로 피어나 눈물 젖게 하고
다시 밤하늘의 별들 속에 숨었다
청년은 숙명처럼 눈물같은 별빛을 받아 안고 가슴앓이를 했다
그 고상한 가슴앓이가 역사에 사무쳐 우리의 오늘로 산다

청년이 보라다 본 하늘
별을 노래했던 그 노래 이제 사 찾나니
청년이 쓰다 만 싯구를 따라 청년의 밤길 나도 걸어보나니
그대여
잎 푸르러 그대의 괴로움이 사라질까
별 총총하다 그대의 그리움이 묻힐까

별 헤며 그대 펜 끝에 묻어난 투쟁을 하나하나 기억하나니
고독했던 청년들의 밤을 홀로 안고
별 속에 묻힌 그대여
아름다웠던 첫사랑의 밤하늘
지워버린 별빛 속에서
사랑의 심지를 홀로 태우며
우리 말로
우리 생각으로
시대의 바람결에 더 맑간 노래로 선 그대

17 아버지와 어머니

아들의 손을 잡고 피부과로 향하는 남편
아들의 주민번호를 묻는다 전화를 끊고 수 분이 지난 후 다시 묻는다
참 이상한 일이다
남편보다 수학적 머리가 좋지 않은 나는
외우려고 노력하지 않아도 다섯 식구 주민 번호가 줄줄 흘러나온다

팔순을 훌쩍 넘기신 어머니는 아직도
내 생일이면 어김없이 전화를 하시고
늦은 막내, 뒤늦은 대학교 중간고사를 치르고 몇 주가 흘러서도
시험 잘 봤냐고 꼭 묻는다

일찌감치 이승을 등지고 돌아누워
물어볼 것도
궁금한 것도 잊은
속 편한 사람

당신
아버지는.

18 꽃 피는 이유

태풍이 예고된 낮
시든 무궁화 뿌리를 큰 화분에 옮겨심어 주다보니
자꾸 꽃 진 자리가 내 맘에 멍처럼 맺힌다

피고지고피고 진다는 무궁무궁 무궁화 꽃
꽃 지더니 바로 잎도 따라 시들해졌나

사랑을 떠나보냈다고 사랑이 아예 사라진 건 아니라는데
사랑 자리엔 다시 사랑이 들어오기 마련이라는데

눈물 대신 잎 떨구는 너
꽃 피는 이유 있으랴
세월의 흐름 속에 잠시 향기로 머무를 수 있다는 거
그 향기를 기다리는 이가 있다는 거
그거면 되겠는가
고개를 끄덕이며

다독다독여준다

비에 젖다

봄이 오는 길목에 서서
봄을 기다린 적이 있다
이제 막 첫 눈을 뜬 참새의 바람을 맞는 의식처럼
한계단 한계단 내 딛으며 마을버스 종점에 서서
봄비를 머금고 있는 수국을 본 적이 있다

흔들림이 없는 큰 꽃의 비결은
꽃잎과 꽃잎이 맞닿는 것
서로의 숨이 제 것인양 들숨과 날숨이 한 박자가 되는 것
그리고 바람의 방향을 읽는 것

바람의 방향을 읽어내는 것

봄이 오는 길목에서 봄을 기다리다
봄바람에 끄떡없이 내 꽃을 피우는 비결에 함빡 젖은 적이 있다

낯선 하루

3시 50분 백련시장 근처 어느 약국 앞을 지나다
"공적마스크 4시 판매"
네모 반듯한 종이에 들앉은 공지
그 공지에 잘 길들여진 간절함이 나도 모르게 늘어섰다

홍제천에 드문드문 사람들
저마다 입을 가리고
사람들과 간격을 두며 걷는다
간격이 벌어질수록 사람들은 편안해 보인다
기대고 치대고 안고 안기던 시절이 낯설어지려는 순간들이다
나는 무엇과 무엇 사이에서 안도하는가

봄을 준비하는 나무는 서로 뒤섞인 채 제각각 봄눈을 틔우고
길바닥에 풀들도 오밀조밀 싹을 내밀고 있는데

죽은 자는 홀로 저 세상으로 가고
아픈 자는 홀로라도 병상에서 치료받는 것이 호사가 되고
바이러스 조짐이 있는 자는 골방에서 노심초사
갇힌 채로 갇아 둔 채로 잠깐의 안심이 하루하루가 되어가고 있다

봄은 온다고
꽃 소식에 설렐 수 있다고 공식처럼 되뇌어 본다

무엇에든 길들여진다면
문득문득 빈가지 끝에 촉 촉 올라오는 푸름에 맘을 놓고 싶다
언제나 그곳에 가면 여전한 표정
그 잎이 생겨나는 대로 내 맘에 내 삶에
동그랗게든 길다랗게든 들여앉혀놓고
계절 가는 길 나도 따라 나서고 싶다
자고 나니 낯선 하루가 일상이 되어가고 있다

21 대구여 웃어 봅시다

청년들 곱창을 굽고
춤꾼들 흥 돋우던 서문시장 야시장
우리의 긴 사연처럼 늘어선 어둠도 아름다웠던 시절
치열한 전투로 뿌리가 든든한 대구이기에
낙동강을 지켜
자유민주주의 꽃을 피워 온 대구이기에
아프다는 말에 선뜻 믿기지 않다
몸도 맘도 아픈 대구를 위해
한 식구임에도 달려가 보듬어주지 못함이 미안타
수시로 힘내시길 속으로 빌고 또 빌다가
울컥울컥인다
어느 분은 마스크 기증으로
의료봉사로 또 어느 부부 군인은 방역 약품을 살포한다는데…
군번도 없이 보급품을 져나르던 지게부대들의 심정이고
행주치마에 주먹밥을 싸들고 부족한 전투식량을 나누었던
우리 어머니의 노고
라면 한 봉지
그 흔한 컵라면 하나 갖다 드릴 수 없는 이는 그저
속히 대구가 낫기를 염원하네

낙동강 처절한 전투에 꽂았던 승리의 깃발처럼
아픈 대구여
부대끼며 몸부림치는 대구 식구들이여
묵묵히 대구를 방어하는 용사들이여
어김없이 산수유 노란 꽃들이 피어나고
머잖아 대구의 자랑 섬유축제로 도시가 화려하게 채색되고
동성로에는 젊음의 발소리로 꽉 차겠지
비오는 동촌유원지의 사랑을 그리며
서문시장에 다시 낭만이 지글지글 구워지는 날
훌훌 털고 드디어 일어나 뛰어 보는거다
그리고 지난 풍경
뒤돌아 보며 크게 웃어 보자 대구여

장미

꽃잎이 짙어져간다는 건
가시가 날카로워진다는 건
사랑이 곧 떠나간다는 예후

아찔한 향기 뒤에 꺾여질 운명을 맞이하기 위한
나름의 몸짓으로 장미는 더 풍성한 꽃잎과
농후한 향기를 발현한다

숱한 아픔이 키워 낸 말
상처마저도 향기로운 사랑
꽃잎 지고 가시마저도 보듬을 수 있다면

사랑은 그런 것이니.

| 제 2부 |

장고와 시인

01 유월의 그대

꽃 진다고 바람 오지마라 하겠느냐
꽃 진다고 비 오지마라 하겠느냐
그 바람 꽃 지게 하고
그 비에 어느 꽃은 피기도 하나니

유월 어느 빛 좋은 날
부디 그대 이름 석 자라도 붙들을 수 있다면.
墓碑도 없는 유월의 넋이여.

세월의 가시에 끌어안지도 못한 채 비에 젖고 바람 맞게 했구나
꽃처럼 쉬 피었다 가기에 청춘

담장 아래 서성이다 봄볕인가 가슴 열어놓다가
쌀쌀한 기운에 옷깃 여미고 여미는 사이에도
유월의 청춘
쉬 피지도 쉬 지지도 못하는 넋이여

유월의 장미는 꼭 그 담장 위 그 빛깔로 한 해도 잊지 않고 붉건만
만나고 헤어지고
꽃 지면 꽃 피는
이치도 빗나간 칠십 년,

흔들리고 쓰러지고 더러 꺾이는 게 다짐이런만
만나면 가슴팍 세게 쳐주리라
눈 감지 못해 내년 유월도 맞을런다
어느 님의 다짐으로 유월을 맞고
무심한 듯 피어나는 붉은 소망
상처가 크면 할 말도 사라지는 걸까

떨어진 꽃잎 바람이 기대안듯
그대의 아린 그리움
유월의 숨결
역사가 다독이지 못한 설움

해마다 유월의 담장 위로 붉게 흐르는 그리움
천지에 장밋빛

그대여
유월의 그대여
부디 지금 이 곳에 역사로 피소서

02 시 한 편

녹음 속에서 쏘쩍새 새끼 쳐 오는 오월

밭 두덕 콩 싹 나오듯
묵은 살 터지며 감자 싹 나오듯
뭉게구름 아래 할머니 무릎 위에서
한잠 자고 나면 훌쩍 커 버린 아이처럼
꿈결 같은 사연이 빗줄기에 튼실해진다

군인의 아내로
산자락 물자락 적셔가며 올망졸망 키워 온 삶
가을걷이 볏단 쌓듯 쌓아 둔 사진첩 열어보니
애환이 다 웃음이고 그리움이다

사진 속에 채 넣지 못한 사연들이
비설거지 하듯
급히 가슴 한 켠에 몰아 차 온다

관사 마당에 들어 찬 바람과 햇빛
그리고 용사들의 군가소리

오월 소쩍새 녹음 속에서 살찌우듯
내 자녀들이 불어치는 함성 속에서 뼈와 근육이 살지다

유월의 바다

99년 유월 연평도에서 출렁대며 올라오던 폭약 냄새는
서울 어느 카페 테이블 위 농염하게 피어오르는
커피 향에 묻혀버린 지 오래
2002년 유월의 그 날도
우리는 광화문에서 시청 앞 광장에서 종로 네거리에서
대동단결 붉은 악마가 된 채
대한민국 월드컵 태극 전사들의 발 끝에 심장이 멎거나
더러는 현란한 세러머니에 정신줄을 놓거나
더러는 치맥에 빠진 여름 밤을 헤매고 있었다

설푸른 청년들이 포격 속에서 대동단결 붉은 악마가 된 채
더러는 다리가 잘리고 더러는 가슴 속 품은 꿈이 터져나가고
더러는 전우 가슴에서 뿜어져 나오는 뜨거운 피를
울분으로 지혈하면서
간절히 살기를 소망하면서 죽어갈 때,
죽어가면서
서해 NLL을, 광화문을, 종로 네거리를, 골목 다방 커피향을
우리의 여름날을 지켜내고 있을 때.

핏빛 바다
잿빛 하늘
막막한 전투
젊은 배는 자맥질 치며
무심한 역사의 바닷속으로
침몰되어 가고 있었다

그날의 처참한 장면들이
신문지면에서 흩어져
부끄러운 일상에 와 젖는다
용맹스런 애국의 편린들이 하늘에 박히고
피묻은 태극기와 애국가가 소용돌이친다

산화한 청춘으로 더 짙어가는 바다
연평도, 서해 NLL
그 자리에 내가 아니라 그대가 있었기에
그날 우리는 목청껏 대한민국을 열호했고
어김없이 우리는 서해에 떠오르는 말간 태양을 맞이한다

유월의 바다
붉은 소망 묻어 놓은 자리에서 싹튼 평화

역사의 물결은 더욱 짙고 힘차게 출렁거려야 하는 이유이다

04 카네이션

이번만은 눈물로 아들을 만나지 않으리 다짐 또 다짐 하셨는지요
화면을 가득 채운 퀭한 눈
깜빡거리면 화면이 눈물로 범람할 것 같다
군대 갔다 오는 줄 알았지 허망하게 떠날 줄 몰랐다는
모친 가슴에는 붉은 꽃이 피었다
울음은 눈에만 들어차 있는 게 아니다
퀭한 가슴에서
그리움이 굴렁굴렁인다
더 이상 눈물은 고상하지도 아름답지도 않다
그저 뼈마디를 녹이는 분출물이다
붉을 대로 붉어 부스러져버리는 재다

한 때는 웃음도 꽃이 되고 울음도 꽃이 되었던 시절
한 줄기 꽃만 같던 이
영원히 지지 않는 향기 한 송이가
어느 계절의 바람 타고 다시 오려나 내 애가 탄다

연인들이 함께 거닐고
갈매기 떼지어 새우깡에 몰려드는
교과서 같은 풍경을
어제와 같이 내일도 그려볼 수 있다는 것이 내 삶에
얼마나 큰 호사인지
화면은 꺼졌지만
붉다 만 그 꽃
자꾸 생각 나
저절로 무릎이 꿇린다

05 3월의 해

천안함 46용사의 살과 뼈가 녹아있는 바다
뭍으로 오르지 못한 청춘과
가 닿지 못한 인정이 흐느끼는 곳.

그 날의 하늘과 바다는 말을 잃었고
파도의 통곡 앞에서 사랑이 실신했다

그날의 통분은
애끓는
그리움으로
굳센 의리로
다짐으로 남은 자의 가슴에서 소용돌이친다

역사의 물길 열지 못한 채
3월, 또 3월. 여전히 그 3월이지만
아득한 물길에서도 청춘은 여전히 아름다울 것
피다 만 꽃도 여전히 싱그러울 것

멈춰버린 심해의 시간 향해
이 땅의 가장 고운 마음들이 엎드리니

먹먹했던 그날의 수평선 위로 말간 해가 솟는다

젖은 태극기,
얼어붙은 피,
여물지 않은 청춘들이 밀어올려 준 평화
3월의 해는 다시 뜬다

백마고지에서 부는 바람

52년 10월 6일
쏟아지는 포탄으로
타고 또 타서 허옇게 재가 되어버린 산등성
인공기와 태극기가 수차례 백병전의 밤을 보내는 동안
떠꺼머리 아우의 가슴이 뚫리고 꿈이 피에 젖고
비에 젖다 눈에 쌓이다 진토 되어서도
이 고지에 태극기를 꽂아야 한다
아우는 혼령으로도 외쳤으리라

마지막 포탄과 함께 돌아오지 못한 아버지
젊은 아내의 남편은 육박전으로 쓰러져 분토되었을망정
두고 온 어여쁜 사연을 위해 이 고지에 태극기를 꽂아야 한다
영원히 아름다운 사랑을 외쳤으리라

고지를 탈환하기까지는 죽어도 결단코 죽지 못한 용사들이여
수류탄을 뽑아들고 적진으로 뛰어든
강승우, 안영권, 오규봉님이여
결단코 고지를 탈환하고 자유의 깃발을 꽂은 김종오님이여.

단풍 빛도 놀빛도 마냥 서러운 그 산등성이에도
역사의 계절이 바뀌고
청춘의 이름들이 새로 피어나고
무성해 질대로 무성해진 평화가
무던한 오늘,

그 395고지에 남겨진 이름들이
바람결에 주섬주섬 녹음을 덧입고 술렁 다가오는데

세대여
시대의 숙제를 가슴 벅차게 풀어나가야 하는 조국이여
지금
이 이름들이 기댈 한편의 가슴이 되어주는 건 어떠리.

07 문득, 유월

여전히 울고 있는가
꽃피는 바람 곁에서

눈물은 민족의 젖줄 되어 흘러왔는가
원주 치악고개전투에서 죽기살기로 맞붙다가
형제여 죽지만 말자 하고 갔는가,
국군 소위로 인민군 이등병으로 형제는 용맹했는가,
용맹은 칠십 년을 휘이 넘어서
민족의 한을 넘어서 어디까지 왔는가

전쟁기념관 형제의 상 옆에서
자꾸 묻는다

아, 어찌 잊으랴, 어찌 우리 그 날을,
고무줄 넘기 놀이에서 부르고 또 불렀던 노래
그때 그 고무줄은 삭았고 노래는 끊겼다

유월의 장미는 말라서도 붉어 아름답다
호국의 눈물도 말라서 더 끈끈한가

어느 산천에 꽃 피다 지면
그때 그 시간 속 그대들의 간절한 삶이겠거니
사춘기도 없고 스무살도 없이 가버린 그대들의 청춘이겠거니
녹슨 형제의 시간 옆으로
유월의 잊혀진 노래 위로
디지털 바람이 풍요를 몰고 온 21세기 유월

청동으로 다시는 헤어지지 말아라 형과 아우를 붙여 놓고
우리는 끈끈한 눈물 자국을 닦았는가
민족의 멍 자국에 평화를 덧칠하고
우리의 소원 가물가물 퇴색해 갈 때
형제는
뜨거운 눈물로 시절의 얼음을 녹이고 있었는가

전쟁기념관
피의 능선 위에 선 형제를 본다

형제여,
오늘 나도 같이 울어주리라

08 그 때 그 태극기 (애국가와 태극기)

동해물과 백두산을 은밀히 부르다 애가 닳아버린 사람
대한 사람, 대한으로를 외치다 붉은 해를 더 붉게 물들인 사람
이 기상과 이 맘으로 충성을 다한 사람, 사람이
그리도 흔들고 싶어했을 태극기

가로수 옆구리에 아무렇게나 꽂혀
무심한 바람결에도 주저없이 흔들거린다

쟁취를 위해 눈에 힘을 준 이들의 이마에 또는
붉은 악마의 양 볼에서 태극기는 다채롭기만 하다

국경일 경축 행사
1분 묵상 속에
옛 열사의 일편 단심
간절한 염원이 감질난다면
일제의 총구 앞에서의 그 도도함이 무안하다면

괴로우나 즐거우나
힘껏 흔들어다오
옛 열사들의 태극기
우리의 기상
역사의 마음들이 기지개를 켜고
용트림하도록
21세기 역사의 산봉우리에서 그때 그 태극기를 휘둘러보자

09 추억을 두고 떠나다

익숙한 것들로부터 도망쳐야 했다
정이란 익숙하고 손때 묻은 것
도대체 버리지 못하는 것이기에.
북한산 부대 백운아파트 5층 신혼살이
전자렌지, 밥솥, 커튼조각,
이미 낡고 해져서 새 집에 어울리지 않는다 차마 내치지 못하고
17년 군 관사에서부터 모아 온 세간살이들이 6톤 이사 트럭에
포개 들앉고 보니
군인아파트살이가 살갑게 다가온다

첫 이삿날
도로는 얼음을 물고 트럭은 얼음을 타고
오사단 아파트 입구
얼음을 깨던 선후배 가족들
내복을 입고도 덜덜 떨었던 백의리의 겨울과
여름이면 물로 가득 찬 백의리 마을.
큰 아이
군가소리 발 맞춰 뛰어다니던 연병장

연막탄을 터트려 오랜 터주살이 벌레들을 몰아내고
청솔모가 잣을 까먹는 한가로운 늦여름
카메라 셔터 속에서 나와 두 딸은 같은 추억 속에 갇혔고.

아직 겨울 옷을 벗지 못한 채 봄눈을 샐쭉 내밀고 있는
동빙고 아파트 입구 감나무랑 눈 한번 맞추고 나왔다

변변찮은 살림살이들이 13평에서 24평으로 다시 18평으로
15평으로 32평으로 늘어났다 포갰다를 아홉 번을 하는 동안
더러는 추억이 바래서 먼 유성처럼 사라져버렸지만
서랍 한 칸 한 칸에 차곡차곡
손때 묻은 연애편지마냥 추억은
가슴 언저리에 눅눅하나마 자리를 잡고

언젠가 나만 아는 추억의 냄새로 코끝 싸아 하게 다가오겠지
머물다 떠나기를 수차례
나이테처럼 정이 깊었던 시절
군인 가족으로 산다는 건
채우고 비우다
추억만 고이 채워서 이별하는 삶

10 연과 연실

이십대 등단시인과 육사 장교가 결혼한다는 소식이
어느 후배를 놀라게 했나보다
말린다는 말이 고작,
시인과 군인이 어울리기나 해?

우리가 정말 사랑했을까?
언젠가 티비 드라마 속 주인공처럼
나는 끊임없이 내게 물어왔다

결혼 스무해.
갓 스물
한창이라는 말이 잘 어울리는 시기

살다보면
사랑의 아킬레스건이 끊어져 붙이는 시기가 찾아오기도 하고
혹서기 훈련을 마치고 선선한 가을따라 들어오는 진급의 소식들
풍성한 기쁨보다는
처연한 가을도 맞이할 용기를 위해 기도해야 했다

시인과 군인이 어울리기나 하냐
피식 웃음이 돋는다
어울린다는 것은 서로 맞추어 가야 한다는 말
숫자로 똑 떨어져야 하는 수학놀이 같은 것이라면
삶은 얼마나 단조로울까

하늘로 고개를 치대는 연과
여리디 여린 실은
달래고 얼래며
어울리는 운명이 되는 것이니

시인과 장교
사랑 놓친 자리에 미련이란 것이 자라고
꽃 놓친 나무가
몇 계절을 견뎌야 하는 그 시간시간도 우리에게는 어울림이다

이 사랑 놓으면 몇 겹의 시간 견뎌도 안 올지 몰라
시인과 장교
어울더울
빈 하늘을 휘저으며 왔다

부부

산과 산이 그림자를 포갤 수 있을 만큼의 거리에
당신과 나 서 있습니다
떡갈나무 잎삭이 뒤척이는 소리가 들릴 만큼의 거리에
낙엽이 나무 밑둥에서 바스라져 큼큼해진 묵은 시간 동안
새 순을 내고 또 내도록 내내 서 있습니다

마주 볼 때와 포개질 때를 도무지 모른 채
산 하나와 강 한 줄기가 포개져 새벽을 내기 위해 부지런을 떨 듯
녹녹히 걸어 왔습니다.

군복이 잘 어울린다는 말 외에 무슨 상급을 더 바라리오
때로 어깨에 얹혀진 계급장은 뜻밖의 선물이었습니다

채워진 날은 채워진 대로 비워진 날은 비워진 대로
달 하나를 가슴에 나눠 걸며
산의 마음으로 강의 마음으로 살자 했습니다
그 때 잡은 손 아직 놓지 않고 그대와 나
언제까지나 조국의 바람을 느끼며 서 있겠습니다.

<u>12</u> 장교와 시인

관사를 둘러싼 숲에는
어린 고사리가 살풋 올라왔다가 한 계절 지내가기도 하고요
부드러운 초록의 숨털 두릅이 봄 볕에 성장을 해 가기도 하고요
취나물과 비슷한 풀들이 참 많기도 했습니다

그렇게 숲이 커가는 소리 서른의 문턱을 넘어들어왔습니다

조팝나무 하얀 꽃이 흩날리는 열쇠부대
다라이에 물을 채워놓으면 여름 한 낮 행복한 소란이 시작되고
가을이면 한줌 두줌 밤줍기로 부자가 따로 없었습니다
얼음 꽃이 피는 나뭇가지
시상도 움츠려들던 그 시절

큰 아이를 들쳐업고 뱃속 아이 등쌀에 시루떡이 먹고 싶어
전곡 좁은 시장길 돌다 접촉사고를 내고 장교 몰래 수리했죠.

혹한기 혹서기를 보내면 한 살 먹고
휴가 때 아빠 아빠 얼굴 익히고
시인과 장교와 아이들은 연병장을 뛰어다니며 사랑을 키웠습니다.

관사에 연막탄 피워 놓고
아이들과 청솔모 따라 달음질하면서
한 계절 한 계절을 따라잡는 동안

장교는 귀밑머리 희끗하고
시인은 가슴에 희끗거리는 사연을 사랑으로 포장하는 법을
배우고 있었습니다

어깨 계급장을 하나하나 바꿔 달 때마다
이 생명 조국을 위해 사용하소서
눈을 뜨면 뜬 채로 꿈을 꾸면 꿈속에서
오직 부대와 국방

산수유나무가 아직 빨간 열매를 채 떨어내지 못한 채
봄을 맞고 있는 것처럼
아직 조국을 향한 청춘
장교의 가슴에 자주국방의 봄이 커가고 있다는 것
시인은 그 이유가 그 사연이 봄이 되기도 하고 가을이 되기도
한다는 걸 압니다

시인과 장교가 맞는 이 봄빛이 여전히 같은 빛깔인지
오늘도 먼 수화기 속에서 확인합니다

13 바람

때로는 먼 수평선처럼 선을 긋고
때로는 애교진 물결
가슴 곁으로 파고들기도 한다

삶의 만선을 꿈꾸며
샌프란시스코 낯선 바다 한가운데 떠 있다

실패라고 하기에는 삶의 주변머리가 너무 없었고
성공이라 여기기엔 환한 미소가 어색한 지점에서
너의 손을 잡는다

삶의 물방울 옹골차게 키워
너의 바다로 나가거라
묵직한 뱃고동이 싣고 온 바람의 음성 따라
깊어진 삶의 바다에 둥둥 떠 있는 배 한 척
그물이 찢어지는 만선의 기적은 애초에 없는 것인가

돌아갈 곳도 머무를 곳도 없는
뱃머리에서
청춘의 돛이
긴 호흡으로
바람을 부른다

부디 남은 삶
잘 어울리는 바람과 배로 물살 헤치며 나아가 보자고

14 봄바람

바람이 되자고
지난 계절 산수유 마른 열매 보듬고
새 숨을 불어주며
흠도 티도 없이 그 나무에 그 꽃으로 피어나길
몰아치는 함성으로
부드런 다독임으로
사연을 키우며
나무 곁에 선 바람의 마음이 되자고

칙칙한 기억 덤불 헤치고
드디어 밀어올린
꽃 잎 한 장
첫사랑의 얼굴로
가을이 되고 겨울이 되어도
우리 서로 첫 바람
봄바람이 되자고
장교의 아내는 고개 끄덕인다

15 포항가는 기차

바람이 변하니
나무색이 변하고
바람이 변하니
긴장한 강물 빛이 짙다

포항가는 기차는 앞 차와의 간격유지 위해 자꾸 가다서다 하고
차창에 그가 자꾸 눈에 어린다
청년 장교의 힘찬 눈매
지휘관 시절 더 넓어진 가슴
시간에 함몰되어 작아질 법도 한데 꿈의 산봉우리는 높아만 가더니
어느덧 그 청춘의 고지에서 내려갈 길을 찾는 그와 눈이 마주쳤다
부디 청년의 높은 산 위에서 바라본 말간 하늘 품고 내려오시길

어디쯤 왔을까 문득 새 한 마리
주둥이 가득 뭔가를 물고 가다 눈이 딱 마주쳤다
삼십여년 제복 속에 신념을 밀어넣고 다독이며 왔을 그가
가뿐한 몸 이끌고 둥지로 날아오는 날
그의 귓전에 속삭여주리라
당신의 신념이 누군가의 가슴에서
또 하나의 빛나는 계급장이 될 거라고

저 새처럼 돌아갈 둥지가 있다는 것
돌고 돌다가도
찾아 들어 설 가슴 한 켠
있다는 것
이 변변치않은 것들이
장교의 가슴을 뛰게 한 이유가 되었음 좋겠다

강물빛도 변하고 때때로 바람색이 변했어도
기차는 포항역을 향해 가고
시인은
짧은 햇살 속 웅크리고 들어앉은 가을마냥
달콤한 상상 속에 그를 향한다

16 풍경 속 그대

꽃도 향기도 떨군 채
천성적으로 한 빛밖에 낼 줄 모르는 나무는
푸른 역사의 씨앗 품고
변화무쌍한 풍경 속에서
오늘을 이기고 내일을 바라며 왔노니

질긴 실타래 같은 고뇌의 늪에서도
매서운 기운으로 다시 태어나
하늘을 바라르며
별을 그렸노라

청춘이란 이름표에 조국을 그려 넣고
죽어서도 조국이었고
살아서도 조국이어라
교훈탑 아래서 다짐하고 또 다짐하며
위국헌신, 평화의 고지를 탈환해 온
선배 용사님들의 넋으로 살아왔네

숭고한 뜻 받들어
시대의 가슴 속에 봄빛 지피며
군인 본분

벅찬 숨소리를 활활 태우며
옛 전투의 영웅심을
청춘의 훈장으로 받아 안고
조국을 책임지겠노라 호령하며 왔네

생도는 더 용맹한 전사가 되고
용사는 더 큰 산을 정복하고
조국의 강한 힘줄을 지키리라

굳센 손
함께 아우른 어깨 위로
이 생명 조국을 위해
큰 함성
미래로 솟구치리니

생도여 용사여
바라르는 사랑의 마음이여
겨레의 심장 되어
뜨겁게 뜨겁게 뛰기를

대한의 용사여
무수한 기도의 조각들이여
때로는 꽃으로
때로는 풀잎 스치는 바람소리로
그 바람 호령하는 기운찬 함성으로
하나가 되어가는 전사여,

우뚝 선 그 이름 위로
조국의 산맥이 그려지리니
위풍당당한 평화의 풍경 속 주인공으로
거기 서 있으라

17 어머니

호국 간성의 요람에 아들을 밀어 넣고
마음의 탯줄을 자른 어머니

작은 산 비탈 물소리 힘이 붙고
바람소리 굵직해지고
햇살 여물어 오르는 시기가 오고 갈수록
그저 가슴이 아리아리 했다는 어머니

하나 아들
먼저는 하나님의 아들이요
다음은 나라의 아들이요
그리고는 내 몫이여 나직이 나오는 소리를 긴 숨으로 막는 어머니

그 얘기에 피 한 방울 안 섞인 나는 왜 뜨거워져 하늘을 보는지

조국의 탯줄을 부여 잡고
우뚝 선 아들은
조국의 청춘이 되어 눈이 시리도록 부시다

휘어진 어머니의 팔에 들어찬
태초부터 간절한 사랑
조국의 탯줄을 달고 있는 한
아직 내 몫은 아니니까

피 한 방울 섞이지 않는 내 눈에 왜 뜨거움이 들어차 있는지.

18 내려가는 길

가지마다 묵은 향기를 털어내고
봄맞이 한다고 부산한 3월
길 끄트머리에서
그를 본다

카푸치노 크림 거품 휘이 에두르면
진짜 커피향이 보이듯

흙 냄새
덤불 냄새
산이 성장하느라 벗어낸 냄새를 헤집고 선
나무처럼
푸른 기상 묵직한 기운을 본다

무성한 계절 속에서도
척박한 계곡을 누벼야 했던 시절
내려가는 길은 내일 또 내일의 숙제였을 터.

이제는
쥐었던 두 주먹 하나하나 펴 보는 시간
사명의 손금 속에서 또 다른 길을 발견할 시간

올라가면서 품었던 전사의 마음
흠집 나지 않게 가슴 밑둥에 잘 묻어 놓고
운명의 손금 따라 갈 시간

전사의 세월이
묵은 향기가
누군가에게는
찡한 다짐이 되기를.

산 끄트머리에서
한 계절 휘휘 돌다 내려오는 바람처럼
누구나 만나게 되는 길
그 끄트머리에서
또 다른 전사를 본다

19 식어도 맛있는 커피

그를 기다릴 때
늘 함께 해 주는 향기가 있다

커피를 곱게 갈아 초콜릿 케익처럼 부풀어 오를 때 향은 절정이고
그 절정 사이에서 사랑은
식어도 맛 좋은 향

커피는 맛이 아니고
향기

늘 기다림의 끝에서 인생은 향기로 녹는다

몽글 몽글 덜 녹은 휘핑크림 젖다보니
식어도 달달한 향
기억 속에 통실통실 불거져있는 원두 같은 사연
예쁘게 블랜딩해 놓고
문득 외로울 날에
그 향 내려보리다

20 목련

긴 바람에 여문 속 정
3월 달빛으로 서 있네
시린 기억
다독이며 계절 끝에서 만난
그대

겨울 곁에 봄 있듯
굴곡진 인생의 창문 앞에
이제 보니
언제나
그대

남자와 여자

남자는 가고
여자는 울었다
남은 남자들의 숨은 눈물을
곁에 선 여자들이 훔치며 울었다

굳이 가버린 이유를 묻는 어리석음 대신
떠나간 이 뒤에서 수런수런했던 바람이 휑하다

남자는 가고
여자의 시계는 멈춰 섰다

잠깐의 인연으로도
장산마을 소나무에 눈발이 스쳤었느니
모래축제 때 흥겨웠던 바닷바람이 아직 선하다느니
떠들어 댈 말들로 몇 년을 더 추억할 만도 한데
수십 년
오지 생활에
묻어오고 스쳐오고
사무친 사연들에
발목 잡혔을 만도 한데
쉬 떠날 결심을 했을까

두려움도
아쉬움도
풀릴 것 같지 않은 응어리
푸르렀던 시절로 휘감고
남자는 가버렸다

여자는 그 남자의 흩어진 시간 한데 모아
험한 사연 푸른 보자기로 꼬옥 끌어안으며 또 울었다
유서 속 남자도 여자의 시간 속에 묻혀 숨죽이며 한동안 울었다

| 제 3부 |

그리고 가을

01 그리고 가을

계절은
기다리는 사람에게만 오지 않는다는 말이
위로가 되는 가을

봄을 지나고 여름을 지나고
지나면 찾아오는 것이 계절이다
꽃이 빨리 피면 빨리 지나니
순리를 거스리지 않으려
낙엽 지는 계절 속으로 들어 왔다
지금은 잎이 떨어져야 새 잎을 바랄 수 있나니

봄꽃의 지는 소리도
녹음의 생명도 느끼지 못한 채
한 계급 한 계급 전진하며 온 시간의 산 꼭대기에서
지는 낙엽의 자유를 본다

그리고 10월의 말간 하늘 아래
우리의 하루를 보고
자녀의 인생을 내려다 본다

다시 가을 새벽으로 걸어가는 우리
가을의 겸손을 맞이해야 하리

02 가을을 잡아놓다

나뭇잎이 발등에 떨어진다 잠시 머물다 가려 한다
무성한 시간의 늪에서 나온 너,
떠난다는 건 가벼워졌다는 것일까
이미 식어졌다는 것일까
서로 잡았던 손 놓게 된 건
너무 뜨거웠기 때문이라고
잠시 빈손에 네가 들어와 가을 냄새를 채운다
신작로 흙냄새 같기도 하고 뿌연 물안개 비린내 같기도 하고
그의 목덜미에 땀 냄새 같기도 하고
그가 속삭일 때마다 일렁이는 바람 냄새 같기도 하고

태양이 식어져 바다 밖으로 밀려난 건지 멀어져서 그만 식어진
건지 알 수 없지만
언제고 태양도 바다도 가슴 맞대고 뜨거운 내일로 일어설 테고
너도 다시 나무에게도 돌아갈 테지

한 가지 곧게 뻗어 올려 잎 틔우기 위해
무성한 생각의 잔가지를 치고
그에게로 닿아
다시 뜨거움을 맞잡아야 함 알기에

잠시만
첫사랑의 추억은 릴케의 시집 속에 가둬놓노니
거기서 너, 고상한 자유로움에 젖거라
그 청청했던 시간과 함께

03 바람에게

열정은 무성함에 깃든 것이 아니라서
보내는 것에 있다는 것
청춘은 사랑을 보내고 고독을
기꺼이 제 속으로 들어앉힐 수 있기에 아름다운 것

어느 날 나는
단풍나무 가느다란 가지 끝에 선
한 바람에게서 듣는다

보내지 못해서 안으로 안으로 거둬들이려고만 하다
상하고 썩히고 악취를 내는 인생
바람을 타지 못한 탓에
언제나 생은 보내고 남는 것의 미학을 숙제로 남긴다

마지막 한 잎의 사색과
나무의 고독 사이에 선 바람의 선택,
그것은 차라리 섭리다

바람맞은 가지 끝 남은 한 잎에서
그리움은 피어나는 것.
그 그리움이 우리 앞에 선 무성한 계절이 되고,

다시 나무는 바람을 맞고
고독 속에서 약속처럼 움을 틔우고

열정은 바로
그대와 내가 방금 지나쳐 바람 곁에 선 꽃무릇 같아
비탈에선 가냘픈 열정의 순이 돋는다

04 서울의 봄

광화문에 바람이 분다

흰 천막 처마가 들썩인다

공사 중인 구획 가림막 사이사이에
아스팔트 시멘트와 시멘트 사이에도 화사한 바람

황사마스크 사이로 미세먼지가 목구멍을 타고
폐로 스멀스멀 들어간대도
바람 불어야 봄이 오지
여간해선 흔들리지 않을 것 같은 광화문 가로수 사이로
내성 강한 서울의 아우성 속으로 바람이 불어야 꽃이 피지

꽃빔 한복 차려입고 수문장 교대식을 바라보는 나들객처럼
봄바람 부니 광화문에 봄빛 구경 가자

저 건너 남산 소나무
광화문 네거리로 바람 쓸어내리면
목멱의 기운 소용돌이 쳐
꿈결에 잡혀 있는 경복궁 벚나무 다 일어나게

이 봄 광화문 봄빛 쬐러 가자
민낯 민 마음으로 봄 맞이하자

05 백호은침, 차를 탐하다

네게 넋을 놓다

한사발 차를 지긋이 눈 아래 두니
향기가 깊은 골을 내고
골 따라 올라올라 가니
하늘과 맞닿은 곳에

한나절 한 별
신선인 듯 노인인 듯
구름을 흩고 신비로
차잎을 키운다

어린잎은 구름 냄새를 품고
골골의 바람 냄새를 품고
나뭇가지 스치고 돌아오는 스무 살
속살 같은 전설을 안는다

하늘 빛 곧추 받는다
그렇게 그렇게 너와 마주 앉는다

무던히도 묵혀 온 향
찻잔에서 올라오는 너의 눈이 감긴다
담백한 기운에 스르르 눈이 감긴다
무심히 잊혀진 향 스무살의
속삭임처럼 귓불을 간지른다

아^{我}와 비아^{非我} 다 무엇이냐
세상의 논리로 뒤엉킨 심중에
체증이 일던 오늘

한 종지 , 세 호흡에
我와 非我가 잠잠해지니

백호은침 , 네게 넋을 놓다

06 스물을 말하다

스물마냥 흔들린다 구름 말이다
구름은 흘러가는 것이지 흔들리는 것은 아니지 않는가
바람의 역성이다
아무 관심 없다

스물이었을 적에는
스물은 쉬 흘러가지도 흔들리지도 않는 것인 줄 알았다
감꽃이 지고 나면 감꼭지가 생겨나고
감나무는 있는 힘을 다해 그의 진액을 끌어올려
감을 키운다
통통하게 차오르는 푸르름이 스물이 되었다가
바람이 또 흔들다간 사이
하얀 감꽃같은 스물이 스믈스믈

구름마냥 흘러가 버렸다 스물 말이다

07 엄마의 스무살은 기억상실

그리고 다시 기억 속에서 바람이 수차례 흔들고
스무살은 병원에서 낙엽이 되었다
다시 돌아온 이는 마냥 스물이 되어버렸다
영화같은 이야기가 안방에서 벌어지고
옷을 갰다가 다시 풀어헤쳤다가
철 지난 옷을 입었다가 모자를 썼다가
헤헤 웃다가 누구랑 나누는지 두런두런 수다를 늘어놓다가
낮잠을 잔다
여든의 나이 때가 묻은 옷가지 속에서
하얀 삐비 꽃처럼 이쁘게도 잔다

헤 벌린 입 속에서 단내가 풍겨난다
스무살 애기엄마의 젖 냄새가 난다

08 어머니와 나

초록이 흔들린다
늙은 나무는 흔들림도 잊었나 망각의 시간을 흠향이라도 하는 듯
두 팔 벌리고 초록을 쓰담는다 봄의 기운을 채우는 의식처럼
장엄하게
흔들리면서 망각의 정점까지 다다른 고목은
이제 흔들리면 호흡이 끝난다는 걸 안 것일까
어느 초록 밑 흩뿌려질 기억의 한 줌이 될지도.

초록은 철없이 흔들리면서 짙어가고
늙은 나무 곁에서 선 묵혀 온 바람은 한 계절 숙성을 마치고
계절의 끝자락을 말아올린다

살아있다는 건
무수한 흔들림 속에서 늙은 나무의 숨결을 덧입는 것
내가 어머니의 희망의 흔들림이었고
이제 초록이 나의 흔들림인 것처럼

09 나는 아직 서성인다

나는 아직 이 가을 곁을 서성이다

볕 좋은 대로 볕 가는 데로 가는 가을이
이 구석진 계절의 모퉁이에 사랑이라는 그림자를 에둘러 세워놓고

떠나야 할 때 떠나지 못하는 것이
정말 병이 되는지
자꾸 뒤돌아본다

스물에 만난 그 사랑은 여전히 병이 되어
가을 곁을 서성인다

가버린 것은 두고두고 아름다운 것

누군가 내 새벽을 들추는가
찾아올 이 없는 뒷뜰
자그마한 새 두 마리
나란히 산책 중

낙엽 속에서 뭐라도 찾았는지 제 입에 넣어보고
고개를 끄덕이니 제 짝도 부지런히 오물거린다
뒤뜰에 아직 머뭇거리던 지난 계절의 흔적들을
홀딱홀딱 주워 먹는다
이 가을까지 입에 넣고
날갯짓하고 가버릴까

사뿐거리며 간간이 재잘거리는 소리
잡고 그 계절 놓고 가라 급히
뒤쫓아가니,
뒤뜰에 아직 남아있는 둘의 아기자기한 냄새

가을 끄트머리에 난 곁 길에서 발을 헛디딜 뻔했네

어제까지 내 것이었던 것도
훌쩍 가버리면 추억이 되는 것.
가버린 것은 두고두고 아름다운 것
오늘 아침
또 하나의 추억을 뒤뜰에 묻어 놓는다
두고두고 아름다운 싹을 틔우기 위해
가을 아침 낙엽 속에 묻어둔 이야기들을
새벽 그 둘은 나누고 먼 길을 떠났나 보다

사랑은 묻어두고 또 꺼내보고
새벽 새 두 마리에게서 배운다

11 가을 햇살

글라스 안 빨대가 가을 속에 기대고 있다
카페 테라스 구석진 자리에 흐트러진 생각들이
방해받지 않은 채 뒤죽박죽이다

가을을 빨대로 뒤섞으며 한가로움을 즐기는 중이다
정돈하며 절제하며
이 글라스 속 얼음처럼 살아온 날들이여
테라스에서 맞는 바람이 머리카락을 헤집고
생각의 단추를 풀어내리도록 허용하며

가을 햇살
이 한 잔에 휘 저어 한 모금 마시고
헤죽거리는 허수아비의 가을처럼 들판에서 익어가면 어떠랴…

12 가을 감나무 아래서

떠나간 것은 내 것이 아니니
꽃 지나가는 길목에 선
바람이 나무에게 속삭인다
화려한 빛깔 기억해 주면 그걸로 족해
천둥 같았던 화려함도 비 한 번 쏟아지고 나면 그뿐
비 지나간
하늘에 굳이 구름 그려낼 이유가 없는 건
이미 가버린 것은 내 것이 아니기에

내 것 아닌 것에 마음을 쏟고
억울함에 눈물을 얹어 호소했던 시간들
사랑도 그러한데
지나간 사랑을 붙들지 말기를
나무는 때로 꽃을 놓기도 하고
때로 영글은 열매를 놓기도 하고

물이었다가
불이었다가 가는
우리 삶도 놓을 때가 있다면
누군가는 기억 속에 담을 때도 있겠지

이 작은 세상 주머니에 다 주어 담으려 말자

13 흔적

한 점 구름 흘린 흔적 없는 날
사랑을 보내고 말끔히 세수하고 돌아서는 이의
독한 눈매를 만난 듯 매섭다
마른 가지사이 하늘은 말갛고
새 둥지는 더 푸근해 보이는 이유는 너의 생각의 그물망 밖
떠나보내고 나니 하나하나가 바로 보인다는 거

가지 끝에 감빛깔
새들이 쪼다가 흩어지고 나면
가지는 다시 하늘을 매달고
저렇게 말간 푸름을 달아놓고
나무는 다시 잎을 키우고 꽃을 만들고 열매 맺을 힘을 키우느라
그 나무 지나는 바람마저 살진 이유다

이 가을 놓아주자
기다림은 욕심을 태우는 과정
마른 기다림에도 푸름으로 살이 붙으려나

14 바람과 나무와 스무살 인생

나무는 흔들림도 잊었나
망각의 시간을 흠향이라도 하는 듯
두 팔 벌리고 초록을 일으켜 세운다
초록에게 전사의 기운을 채우는
의식은 장엄하다
바람에 맞서는 법은 바람에게 꺾이지 않는 것
바람과 한 방향이 되는 것

이제 흔들리며 어느 초록 밑 흩뿌려질
기억의 한 줌이 될지도 모를 운명
나무는 바람을 보지 않는다
무성했던 청춘이 어제가 아니라
오늘이라고 주문을 왼다
스무살 인생도 무수한 주문을 외고 되뇌면서 오늘에 왔다

살아있다는 건
언제나 '바람과 함께'라는 것
흔들림 속에서 나무도 스무살 인생도 고른 숨결을 키워왔다
한 계절 한계절 계절의 끝자락 속에 모든 게 휘말려가도
또 한 계절을 품고
먼 산 스치고 오는 바람을
기다릴 수 있게 되었다

15 다시 부르는 광화문연가

볕 좋은 데로
볕 가는 데로 가던 바람이
시월,가을을 붙들어 놓고
종로를 단풍들게 한다

누구나 떠나야할 때는 남기고 가고 싶은 것인가
바람은 가을을 남기고
가을은 단풍을 흘리고
흘린 단풍 속에서 스물을 기억한다
스물에 만난 사랑은 종로 네거리에 꽂힌 깃발처럼
가슴에 노래 한 소절을 걸어 놓고 갔다

가던 바람이
추억의 가슴을 툭 치고 가니
한 소절 아련한 스무살이 흘러나온다
~언덕 밑 정동길에 아직 남아 있어요~

시월, 가을이 붙들린 종로에서
오늘 하루 스무 살에 젖는다

<u>16</u> 아침 빛

벚꽃잎 따라 바람 가고
달빛 따라 세월이 가네
세월 따라 나는 삶의 고개고개를 넘느라
연초록 잎 끄트머리에 예쁜 눈물 보지못한 채
수 없는 아침을 보내고 말았네

바람은 나무에게 새 순을 기약하고
세월은 미련을 남기기 마련인데
내 삶 어느 고개에선가
초록 눈물 끄트머리에 잠깐 머물다 간 아침 빛
그 고운 미련이

지친 영혼에 새 바람이 되네

17 위로

그대 곁에 있으면
그대 곁에 가만 서 있으면
지난 봄 이팝나무 꽃향이 난다

이팝나무 꽃향 아래 나는 서 있고
그대의 속삭임 하얀 꽃무더기로 덩실 하늘의 구름이 된다
이팝나무 꽃의 전설 따라
가난한 우리 둘이 손 맞잡으면 푸실푸실 예쁜 기억들이 피어나
금세 나른한 흰 구름이 된다

궁색한 세상 하얀 쌀밥 같은 추억
탁한 생각 삶에 번지지 않게
인생에 여백으로 남겨 둔 자리
오늘 그 곁에 가만 기대 서 본다
흰 구름 아래 멈춰 서 본다

울음이든 웃음이든
살다보면
추억의 그늘 아래서 펼쳐 든
한 장의 편지 같은 것

18 나무와 바람

나무는 바람 덕분에
초록을 틔우고
무성함을 누리고 기다림의 시간으로 돌아간다
인생은 바람 덕분에
상처를 말리고
상처를 털어내고
그 자리로 돌아간다

돌아간 자리에서 우리는 새 움을 트울 용기
바람을 다시 맞는다

19 국화꽃 화분

버스가 몇 차례 지나간 버스 정류장
파라솔 속 생선이랑 그 옆에 생뚱맞은 국화꽃 화분 몇 대
갈치 지느러미 맘 편히 늘어진 옆에서 헤죽 웃는다

따라 웃어본다

생선 비린내도 겁내지 않는 듯
국화꽃이 누런 이 드러내고 활짝 웃는다

때로는 누군가의 벌여놓은 삶의 한 켠에 서 있더라도
투정없이 웃을 수 있기를.

눈이 맞고 웃음이 맞은 그 꽃 품고 버스를 탄다

살다가 보면 이 꽃 웃음만큼의 웃을 일도 없을 때가 있다
웃음의 크기가 인색해지니 웃음의 향기도 비리다

가판대에 척하니 몸둥이 걸쳐놓고
국화꽃 향기 흠향하던 은갈치에게는
무척 미안하지만
국화꽃 향기 한 줌 가슴에 품고
남은 하루
꼭 이런 향기로 살아보리라 웃음지어 본다

20 가을을 걷다

종종 걸음치며 바람의 뒤를 따라온 길
아침 나절 한가로운 새들 물러가고
바람도 흐느적 대는 한낮의 대로변을 지나

석양 빛에도 쉬 물드는
언제나 스물인 맘 챙겨
가을 속으로 들어왔다

기우는 시간 속에
차 한잔의 여유도 없이 바람 따라온 길
그 너머는
이제 보니 가을이었다

익을대로 익어 단물이 뚝뚝
떨어지는 붉은 감과
살이 통통 오른 새와
뒹굴거리는 것조차 빛나는 은행잎

어제의 아픈 청춘 에둘러 지나온 길
돌아보지 말고 가을로 가자

잡은 손 위로 고운 물이 든다

21 눈 온 아침에

와 눈이다
흰 눈이 나뭇가지에 소복 쌓였다고
호들갑 떤다고 누가 뭐랄 사람 없는데

추억이 놀라 달아날라 쉿,
내리는 눈
쌓이는 눈을 본다

뒷동산 비탈진 산자락에서 포대를 타던 추억이
잠시 슝 미끄러져 내려 온다
밋밋해진 묘둥을 타고 내려오던 짜릿한 소리에
포대를 잡듯 아귀에 힘이 들어간다
혼령이라도 있었다면 깜짝 놀라 일어섰을 묘둥에서
소맷부리 콧물 닦아가며
두 볼에 얼음꽃 함빡 피우고
소복소복 꿈을 뭉쳤다가 하늘로 뭉칫 꿈을 올려보내던 어린 하루

나뭇가지에
소란하던 어린 기억들이 휘날린다

눈은 쌓이고
서울 바람은 찬데
마음은 훈훈히 녹는 아침

박말희 시인의 세번째 시집에 붙여

友江 한상완 시인 (전 연세대 부총장)

I

긴 바람에 여문 속 정
3월 달빛으로 서 있네
시린 기억
다독이며 계절 끝에서 만난
그대

겨울 곁에 봄 있듯
굴곡진 인생의 창문 앞에
이제 보니
언제나
그대

- ⟨목련⟩ 전문

얼마나 아름답고 청아한 시인의 목소리인가! 박말희 시인은 시인 모임에서나 어디에서 만나도 맑고 깨끗한 용모처럼 그의 시 정신도 그러하다. 그는 가슴 가득, 그리고 두 눈동자 그윽한 내면의 시적 상상력과 아름다움과 청순한 정신으로 가득한 시인이다. 가끔 만나는 자리의 대화도 짧되 순수하고 아름답다. 그러니 그는 아마도 태어나면서부터 시인의 가슴을 지니고 있었으리라.

바람이 되자고
지난 계절 산수유 마른 열매 보듬고
새 숨을 불어주며
그 나무에 그 꽃이 피어나길
몰아치는 함성으로
부드런 다독임으로
사연을 키우며
나무 곁에 선 바람의 마음이 되자고

칙칙한 기억 덤불 헤치고
드디어 밀어올린
꽃잎 한 장
첫사랑의 얼굴로
가을이 되고 겨울이 되어도
우리 서로 첫 바람
봄바람이 되자고
장교의 아내는 고개 끄덕인다

- 〈봄바람〉 전문

장교의 연인이 된 사연이 봄바람이다. 봄바람 같은 따사롭고 아리따운 사랑의 모습이 이 시에 녹아 있다. 그렇게 박말희 시인은 어떤 경우에도 시인 기질을 마음에 한 가득 지니고 있는 천상 시인 성향의 따뜻한 로망을 지닌 이이다. 봄바람에 기대어 이렇게 정이 넘치며 깨끗한 연모를 표현하기가 어디 쉽겠는가? 몇 번을 다시 음미하며 보아도 그 사랑이 봄바람보다 더 새롭고 더 아름답다.

Ⅱ

박말희 시인은 위에서 보았듯이 장교의 연인으로 그 반려도 인생의 길, 시인의 길을 가고 있다. 그는 장교의 일터가 바뀔 때마다 전국을 돌며 살아왔다. 자녀들과 함께 그 많은 떠돎의 삶에서도 시인은 실존적 삶의 터와 환경에서 결코 시 쓰기를 단념하거나 시의 창작을 단념한 일이 없다. 아니 단념하기는커녕 그 자리에서 리얼한 시를 써서 보는 이들의 가슴을 울리고, 아프게도, 슬프게도, 그리고 새삼스레 분단된 조국의 현실을 묘사하여 애국의 정감을 샘솟게 한다.

> 설푸른 청년들이 포격 속에서 대동단결 붉은 악마가 된 채
> 더러는 다리가 잘리고 더러는 가슴 속 품은 꿈이 터져나가고
> 더러는 전우 가슴에서 뿜어져 나오는 뜨거운 피를
> 울분으로 지혈하면서
> 간절히 살기를 소망하면서 죽어갈 때,
> 죽어가면서
> 서해 NLL을, 광화문을, 종로네거리를, 골목 다방 커피 향을
> 우리의 여름날을 지켜내고 있을 때.
>
> 핏빛 바다
> 잿빛 하늘
> 젊은 배는 자맥질 치며
> 무심한 역사의 바다 속으로
> 침몰되어 가고 있었다.
>
> - 〈유월의 바다〉에서

북한군이 서해의 연평도에 선전포고 없이 포격한 불행한 사건 이후의 2002년 월드컵의 전 국민적 응원의 열기를 회상하며, 바로 그 즈음 6월 북한군의 도발로 제2연평해전이 발생하였음은 아직도 우리의 뇌리에 새겨져 있다. 우리의 참수리호가 피침되고, 장병 6명이 전사, 19명이 부상당하는 참사가 벌어졌음에도 월드컵 열기로 묻혀 버렸던 비극적 사건을, 시인은 이 시에서 뼈에 사무치게 서사敍事하고 있다. 군 장교의 아내로서 얼마나 가슴이 미어졌었겠는가. 시인은 이 시의 말미를 이렇게 적는다.

산화한 청춘으로 더 짙어가는 바다
연평도, 서해 NLL
그 자리에 내가 아니라 그대가 있었기에 그 날 우리는
목청껏 대한민국을 열호했고
어김없이 우리는 서해에 떠오르는 말간 태양을 맞이한다
유월의 바다
붉은 소망 묻어 놓은 자리에서 싹 튼 평화

역사의 물결은 더욱 짙고 힘차게 출렁거려야 하는 이유이다

- 〈유월의 바다〉 끝부분

그뿐이겠는가, 시인은 이렇게 절규했다.

천안함 46용사의 살과 뼈가 녹아있는 바다
뭍으로 오르지 못한 청춘과
가 닿지 못한 인정이 흐느끼는 곳

그날의 통분은
애끓는
그리움으로
굳센 의리로
다짐으로 남은 자의 가슴에서 소용돌이친다

역사의 물길 열지 못한 채
3월, 또 3월, 여전히 그 3월이지만
아득한 물길에서도 청춘은 여전히 아름다울 것
피다 만 꽃도 여전히 싱그러울 것

- 〈3월의 해〉에서

장교 부인 시인의 시가 이렇게 우리의 심금을 울리고 있다. 나라와, 전쟁이 끝나지 않은 분단국가의 국민에게 이 시의 울림이 더욱 절절할 수밖에 없는 우리의 현실이 안타깝기 그지없다.

그러나 이렇듯 비극적인 면만 장교 부인 시인에게 있는 것만은 아니니 한편으론 마음이 놓인다.

어디쯤 왔을까 문득 새 한 마리
주둥이 가득 뭔가를 물고 가다 눈이 딱 마주쳤다
삼십 여년 제복 속에 신념을 밀어 넣고 다독이며 왔을 그가
가뿐한 몸 이끌고 둥지로 날아오는 날
그이 귓전에 속삭여주리라

당신의 신념이 누군가의 가슴에서도
하나의 빛나는 계급장이 될 거라고

저 새처럼 돌아갈 둥지가 있다는 것
돌고 돌다가도
찾아 들어설 가슴 한 켠
있다는 것
이 변변치 않은 것들이
장교의 가슴을 뛰게 한 이유가 되었음 좋겠다

강물 빛도 변하고 때때로 바람 색이 변했어도
기차는 포항역을 향해 가고
시인은
짧은 햇살 속 웅크리고 들어앉은 가을마냥
달콤한 상상 속에 그를 향한다

　- 〈포항가는 기차〉에서

그리고 박 시인은 장교가 지휘하는 젊은 용사들에게 용기와 소
망의 힘찬 격려의 시도 들려준다.

생도는 더 용맹한 전사가 되고
용사는 더 큰 산을 정복하고
조국의 강한 힘줄을 지키리라

굳센 손
함께 아우른 어깨 위로

큰 함성
미래로 솟구치리니

생도여 용사여
바라르는 사랑의 마음이여
겨레의 심장 되어
뜨겁게 뜨겁게 뛰기를

- 〈풍경 속 그대〉에서

III

박말희 시인은 단촐하고 가슴 흔드는 서정으로 그의 시를 써 왔다. 그의 삶의 단촐함과 품격을 가감 없이 표현해 낸 그간의 시들이 그의 모습으로 인상져 왔다. 장교의 아내로 최일선에서부터 때로는 후방의 부대, 그리고 육군사관학교에서의 근무지를 넘나들며, 이 나라의 분단 상황의 뼈아픈 상처와 기대, 그리고 소망까지를 아름답고도 절절하게 표현해 낸 시들이 주류를 이루는 세 번째 시집은 읽는 내내 가슴을 뛰게 한다.

근래에 우리 시인들 중에서 이 시집에서 격렬하게 때론 따뜻한 봄바람처럼 다정하게 분단 조국의 오늘을 묘사해 들려준 시인은 없었으리라. 재삼 박말희 시인의 세 번째 시집 출간을 축하하고 기쁨을 함께 나누고자 한다.

장교와 시인

초판 1쇄 2022년 3월 18일

지은이 | 박말희

펴낸곳 | 문학여행
발행인 | 고민정
주 소 | 서울특별시 서대문구 연희로37길 77-13 402호
홈페이지 | www.bookjour.com
이메일 | contact@bookjour.com
전 화 | 1600-2591
팩 스 | 0507-517-0001
원고투고 | edit@bookjour.com
출판등록 | 제2021-000020호

ISBN 979-11-88022-47-2 (03810)

문학여행은 출판그룹 한국전자도서출판의 출판브랜드입니다.